고르디우스의 매듭

황금알에서 펴낸 민창홍 시집

닭과 코스모스(2014년)

캥거루 백bag을 멘 남자(2018년)

황금알 시인선 241

고르디우스의 매듭

초판발행일 | 2022년 1월 25일

지은이 | 민창홍
펴낸곳 | 도서출판 황금알
펴낸이 | 金永馥
주간 | 김영탁
편집실장 | 조경숙
표지디자인 | 칼라박스
주소 | 03088 서울시 종로구 이화장2길 29-3, 104호(동숭동)
전화 | 02)2275-9171
팩스 | 02)2275-9172
이메일 | tibet21@hanmail.net
홈페이지 | http://goldegg21.com
출판등록 | 2003년 03월 26일(제300-2003-230호)

고르디우스의 매듭

민창홍 시집

황금알

매일 집을 짓고
매일 집을 허문다

집을 짓는 일이
집을 허무는 일이
지금
내가
살아가는 방식이다

천직이라고 여기며 살아온
교직 생활이 35년이 되었다

부수고
짓는다는 것

언제 끝날지 모를 일에
매달려 산다

차 례

2부 고양이가 앉아 있는 자세

3부 라면집에서

4부 이름에 대한 생각

1부

아이스 아메리카노

토란

토란 몇 알 빈 화분에 심고 남은 것은 화단에 심어 놓았다 화분은 햇빛을 쫓아 머리를 길게 뽑고 물을 먹는다 휴식 시간에 둘러보는 화단은 잡초만 우거질 뿐 토란이 보이지 않는다 몇 번의 헛수고에 토란이 잊혀져간다

무더위가 짜증을 내기 시작할 무렵 찾아온 장마, 세찬 빗줄기가 풀들을 땅에 눕히는 동안 우산을 쓰고 작은 도랑을 낸다 화단의 무성한 풀들 용수철처럼 다시 일어나 푸르다 나무도 손을 뻗어 만세를 부른다

잊혀진다는 것은 슬픈 일이다
풀처럼 누웠다가 일어난 친구
초록색 어린이 우산을 쓰고 걸어오고 있다

일장춘몽

이원수문학관 뒷산 산책로
목련, 개나리, 벚꽃, 복숭아꽃, 야생화들
한꺼번에 피어 잔치다
그제 내린 눈, 흔적 없이 녹여버린 햇살
산자락에 흐드러지게 취해
개화역 기적 소리 몽롱한 술기운
놀라움에 어찌 순서가 있으랴
삶은 순서 없이 불쑥불쑥 튀어나오는 법
그래도 나는 순서대로 꽃을 보고 싶다
매화 향기 아쉬울 때 목련이 피고
개나리 질 때 벚꽃이 눈부시게 피어
줄줄이 손잡고 도원에 들고 싶다
복숭아꽃 지겨워지면 산에 들에 지천인
야생화와 살고

관해정 觀海亭*

큰 뜻을 품는다는 것은
바다를 바라보는 일
바위에 부딪혀 돌고 도는 개울물이
새 떼 소리처럼 때로 천둥소리처럼
숲속 계곡을 들썩인다
노란 은행잎 하나 놀라서 떨어지고
잔 띄워 시를 읊던 선비여
금잔이 굽이치거늘 무엇 하는고
아름드리 은행나무 목을 늘여 바다를 본다
엄마 품 같은 두척산 옹달샘
새벽을 여는 기침 소리
시서詩書 강론하던 초당에 모여
서원書院의 맑은 물 되었거늘
은행나무여, 들리는가
바다가 보이는가
휘영청 달이 뜨면 알게 되리
글 읽는 소리
바다에 이르는 것을

* 창원시 마산합포구 무학산 서원곡에 있는 정자

가야산 소리길

폭포처럼 쏟아지는 빛
허리에 감는다
물줄기는 쪽빛 하늘 품어
초록의 잎에 빛나고
해인사 풍경소리 들으며
참선하는 바위들
일상의 소리 잊고
소리 따라 흐르는 발길
한적함으로 부는 바람
마음을 비우고 날아가는
새 한 마리

매화

눈이 오는데
우기니
어쩌랴

찬바람 부는데
굳이 온다고 우기니
어쩌랴

구불구불 흐르는 길
햇살이 비틀거리니
어쩌겠는가

나 혼자 우겨본들
어쩌겠는가

가시

아들 녀석 고속버스에 태워 보내고
아내 손잡고 걷는 장미공원
색색의 꽃들은 제각기 피어
딸아이처럼 멋을 내고
장미는 왠지 붉어야 한다는 편견
온통 가시 달린 꽃길이다

온유한 빛과 꽃들 사이
나에게 밀려오는 이기적인 탐욕
가시는 계속 찌르고
꽃송이 헤치며 가는 길
저마다 왜 다른지를 보여주며
살아온 색깔을 반추하는 장미

붉은 장미 한꺼번에 머리를 드는
깨고 싶지 않은 편견의 터널

우리 아들 잘 도착했을까

구절초 이야기

산다는 것은 해맑게 웃는 것인가
겸손하게 고개 숙이는 것인가

우리 새끼 하며 달려올 것 같기도 하고
수염을 쓸던 손 흔들어 줄 것도 같은
스산한 바람에 꽃잎 흔들며 바라보는

구절초
달빛처럼 쏟아지는 언덕

오가며 어깨를 부딪치다가
투박하게 지껄이다가
미지근하게 미소 짓다가

흥정의 소리들 뜨거워
행복을 사고팔며 나누는
시장통에서 만나던 사람들처럼

어느 산골에 무더기무더기

적송 아래 눈처럼 덮여
가을을 흔들어대고 있다

고로쇠나무

어디로 가는 것일까
초침같이 떨어지는 수액 속으로
기차가 지나가고

빌딩들 사이로 날아드는 경적
이따금 철교를 건너는 소리
철거덕 철거덕

지그시 눈 감고 헤드폰에 매달린 신경세포들
자기공명 영상의 터널에 갇혀
독한 항생제로 염증과 수다를 떠는 밤

기도하는 것일까
어둠의 무게를 재고 또 재다가
덕지덕지 붙은 죽음을 떼어내고 또 떼어내다가

겨울을 오롯이 지켜내는 산새의
절박함일까
무어라고 울어대고

밤을 찢는 고양이의 괴성까지
어둠을 흩어 놓으며 아우성치는
건널목의 방울 소리

그 끝은 어디일까,
이쯤은 아니겠지

어디로 가고 있는 것일까
방금 간호사가 교체하고 간 링거액을 품고
기차가 새벽을 지나간다

은행나무 길

꼭 가을만 담아 주세요
은행나무 가로수에 매달린 포대 하나

담기고 싶지 않은 노란 잎들이
스크럼을 짜고 밀려간다

교묘하게 고층빌딩을 돌아오는 바람
그들을 저지하고
하수구 근처 길가로 밀어내면
젊은 날의 연서가 된다

상사병에 걸린 사람들
묘약이 되듯
가을은 포대에 갇혀 제약회사로 떠나고

밤새 비가 내린 아침
은행나무는 그 무거운 짐을 내려놓는다

두엄밭

버려지는 것들 다 여기에 모여라

쌓이고 쌓여서 불을 지르고
재가 날리면
오줌통 날라다 뿌려주마

비에 젖어
눈에 덮여
희미한 진실마저
썩고 썩어서 거름이 되는 곳

무엇이든 맡겨 달라
썩혀서 그대에게 돌려주리

아이스 아메리카노

청춘의 소리다

음악보다 달콤하게 분쇄되는

열대야의 밤

시원하게 날리고 흐르는 동안

솜사탕같이 감미로운 거품 속

침묵의 올 풀어내는 얼음 조각들

유리창에 비치는 빈티지 가방 같은

커피숍

아르바이트생의 바쁜 손

이마를 맞댄 두 개의 빨대

처음인 듯 어설픈 사랑

달걀노른자 동동 뜨는 다방 커피는 추억

저 혼자 땀 흘리는 유리잔

청춘의 소리를 듣고 있다

잔치국수

회갑이라고 아들이 사 준 그랜저, 크고 고급스러움에
익숙하지 않아 17평 아파트에서 32평 아파트로 이사 오
던 날처럼 설레기만 한다 차 문을 여닫으며 타고 내리기
를 반복하고 앞뒤의 반짝반짝한 광택에 얼굴을 들여다
본다 천상 촌놈 면하기 어려운 상이다 그러면 어떠랴
싶어 아내를 태우고 잔치국수를 먹으러 간다 백세 시대
에 겨우 절반 조금 더 산 것을 자랑할 수가 없으니 가늘
고 긴 국수라도 먹어야 하지 않겠나, 젓가락에 국수 가
락 걸치며 그냥 감사하기로 한다 시원한 멸치육수에 청
양고추가 흥을 돋운다 땀을 흥건하게 흘리며 거하게 둘
만의 잔치를 하니 아내는 자식 자랑을 늘어 놓는다 아들
좋아하는 김밥 두 줄 사서 뒷좌석에 놓고 문을 닫는데
오른손 검지 손가락이 다 나오지 않은 채 문이 닫힌다
체면이고 뭐고 손을 움켜쥐고 데굴데굴 굴렀다 검게 멍
든 손가락을 한참 만에 움직여보니 신경은 살아있다 꽃
구경에 들떠 있던 아내의 실망하는 눈초리 따라 병원에
간다 사진을 찍더니 둘째 마디에 금이 갔다고 의사는 핀
박는 수술을 하자고 한다 대답을 하지 않고 손가락을 꼼
지락거렸더니 깁스를 한다 육 주쯤 걸린다면서 한 주 뒤

에도 붙지 않으면 수술해야 한다고 겁을 준다 저녁에 아
들과 한잔하려고 했는데 술이 물 건너가고 있다

고르디우스의 매듭

나이가 들면서 너그러워진다
불같은 성냄도 급함도 고집도
얽히고설킨 매듭 풀리듯이 너그러워진다

보고도 못 봤다고 억지 부리고
모르는 일이라고 우기고
편 가르듯 가짜 뉴스로 말한다면 치매다

칡과 등나무의 얽힘을 보거든
개울가에 나와
물이 흘러가는 것을 보라

물살은 수많은 돌과 부딪치며
맑아지고 유순해진다
어디 막힘이 있는가

배배 꼬이고 얽힌 것
칼로 과감하게 잘라
흐르는 물이 되어 매듭을 풀리라

불혹에는 그렇다 하더라도
이순의 나이가 넘어도
너그럽지 않으면 치매다

하지 夏至

당신을 만나러 가는 날은
부지런하게 일어나고 싶습니다

북반구의 땀방울 숲에 뿌리며
구불구불한 길 조바심 내고

가깝지 않은 거리에서 바라볼 뿐
멀지 않은 거리에서 그리워할 뿐

산속의 서늘함 해류처럼 돌고 돌아
저만치 산 위의 뜨는 달

당신과 헤어지는 날은
게으르게 잠들고 싶습니다

2부

고양이가 앉아 있는 자세

관음觀淫의 봄

활짝 핀 벚꽃, 부끄럽지 않은지

속을 환하게 드러내고 웃는다

보이고 싶지 않은 저 깊은 곳

벌들이 정신줄을 놓고 애무한다

오르가즘을 하늘에 뿌리는 흥분한 꽃잎들

놓칠세라, 몰카를 들이대고 찍어 나르고

벌들은 꽃의 애액 묻힌 채 놀라 달아난다

하얗게 떨어지다 새하얗게 날아가는 사랑

넋 놓고 바라보는 은밀함이여

버엇고–옷

벗고 옷

순정영화

　남녀가 철길을 걸으며 슬그머니 교복 입은 손을 잡는
다 학생주임 눈을 피해 몰래 본 홍콩 영화는 비가 내리
고 있었지 가끔은 물풍선처럼 하늘에 구멍이 나기도 했
지 남녀가 사생 결투하는데 마지막 여자는 옷이 찢기며
칼을 떨어뜨리고 비가 내렸지 영화관에는 비가 참 많이
도 왔지 칼을 던지고 안아주는 남자, 어둠 속에서 알 수
없는 음악이 쿵쾅거렸지 말없이 손을 잡고 긴 머리카락
날리며 강가를 걸어가는 남녀의 입맞춤, 얼굴이 붉어졌
지 '사귀자'는 단어도 찾지 못하고 흔한 입맞춤도 없는데
가슴이 뛰고 설레였지 영화관을 나온 젊은 남녀는 팔짱
끼고 번화가 불빛 속으로 떠났지 사라진 남녀의 뒤에 남
은 나, 영화 속 장면처럼 철길 공원을 향한다 나이를 먹
어가는 것일까

고양이가 앉아 있는 자세

영화가 끝이 나고
고고한 척 허세를 부리다가
일본인 앞에서 머리 조아리던 앞잡이가
길을 막는다

모르는 사람이 지나가도 곁눈질하고
나무 그늘에 앉아 딴청을 부리는 꼴이
주인의 손 벗어나고픈 한때의 양심이었을까

눈보라를 뚫고 가는 독립군의 눈동자
벌판 달리다 멈춰선 낡은 집
내리쬐는 햇살 반쯤 몸에 감고
고양이가 급히 몸을 숨긴다

죄지은 하인이 되어
연신 머리를 조아리는 사내가 지목한
투사가 사라진 공원 한쪽의 총성

본능에 눈이 멀어 도를 넘은 창밖

두 발 모은 채 허리를 펴고
검은색과 흰색이 선명하게
품격을 유지하려는 저 자세

안락함에 길들여진 야생의 시간
쓰레기봉투 할퀴는 알량함으로
사람을 겁내지 않고 사랑을 겁내는

지나간 시간을 잊어버려서
솔직하게 말하지 못하는
영화관 앞 고양이
꼿꼿하다

봄날

밤새 비로 쏟아진 꽃잎
연못은 즐겁다
비단잉어도 행복하다

꽃무늬 몸뻬바지로
밭고랑에 앉아 있을
어머니
저런 날 있겠지

눈이 부시도록 활짝 핀 벚꽃
깔깔대고
찰칵찰칵

밥 먹은 것 같지 않다

여학교 간부수련회
리더십 특강 하러 온 나
여학생들이 가장 좋아하는
점심밥을 준다기에 기다렸더니
피자와 통닭 튀김이란다
밥 먹는 것 같지 않다
그것도 점심이라고
맛있게 한쪽씩 입에 넣는다
일 년에 두 번 명절에만 먹던 고기
소도 아니고 돼지도 아니고 닭이었던 날
하얀 쌀 반쯤 섞인 밥 정신없이 퍼 넣어야
밥 먹었다고 자부하던 시절 꼼지락거리는데
고기가 밥이라니
밥 먹은 것 같지 않다
때가 되면 곡기가 들어가야 한다던
할머니 말씀은 뱃속에서 꼬르륵하고
아무리 생각해도
피자와 통닭은 밥이 되지 않는다
배는 부르되 배가 고픈 오후
밥 먹은 것 같지 않다

무제통신

매일 확인하던 우체통 비어있고
전자우편 왔는지 컴퓨터 앞에 앉는
나는

오랜만에 엽서 한 장 받고
답장에 쓸 감격
컴퓨터에 의뢰하는
나는

음악을 신청하고
그대와의 대화
그대와의 만남마저도
컴퓨터에 주선을 부탁하는
나는

전시장에나 있을
훈련 중인 로봇인가

내일은 우체국에 들러
오랜만에 편지를 부쳐야겠다

수능시험

잘 풀리라고 휴지를 사 주고
잘 찍으라고 송곳을 준단다

풀고 선택해야 한다
컴퓨터 답지는 하나만 원한다
답지를 바꾸고 정정한다

답지는 바꾸어도
사람은 바꾸지 못한다
벌집의 미로를 헤매다가
제자리로 돌아와도
생각은 기억의 저편이다

진리가 이와 같단 말인가
인생도 이와 같단 말인가

카네이션꽃

어버이날 아침
곤하게 자는 대학생 아들을 보고
출근을 한다

꽃가게마다 카네이션이 붉다
그 흔한 들꽃 한 송이
달아드리지 못했던 학창 시절

배낭의 무게만큼
어둠을 지고 돌아온 아들이
아르바이트 월급을 탔다며 내미는
붉은색 커플 티셔츠

카네이션꽃보다 붉게
달아오르는 내 얼굴

소나기

먹구름 속으로 헬리콥터 날아간다
유년의 쿵쾅거리는 가슴
빨간 멍자국
두드리며 사라진다

흙탕물 탕탕히 흐르는 냇가
찢어진 비닐우산이 버겁게
떠내려가다 나무에 걸린 나

비에 젖은 책보 신작로에 주저앉자
늘어진 구조망에 포획되어
헬리콥터가 비상한다

후텁지근한 마음속으로
저렇게 쏟아지다 지치면
마른 눈물도 바람으로 돌아가겠지

그날의 헬리콥터가 지나간다

나비

손자가 어린이집에서 그려온 나비

베란다 유자나무에 앉았다가

방안을 날고 있다

온통 노란색이다

꽃 주변 빙빙 돌다가

잠이 든다

노란 유자가 상큼하다

시詩가 되지 않는 날

시詩가 되지 않는다
시詩를 찾아 무학산에 오른다
학봉 중턱의 정자에서
땀 식히며 내려다본 도시와 바다
선인들은 이런 곳에서
시詩를 읊었으리라
나뭇잎이 옷을 갈아입기 전에
나의 삶에 비가 오기 전에
시詩가 되는 세상을 만나야 하는데
시詩가 되지 못하는 하늘이 무심타
시詩가 되지 못하는 세상이 무심타
시詩의 도시에 사는데
선인들의 여유도
시詩가 되지 못한다
그래도
나는 시인이 되어야 한다

미세먼지

아, 해골이다
수시로 날아오는 내 전화기 속 경고

아프리카 해적 집단의 검은 깃발이다
누군가를 납치하고 자인하는 징표이다

절대 나가지 마세요!

납치된 것이 분명하다
검은 천에 덮여 결박당한 얼굴
숨쉬기가 답답하다

달이 태양을 가린 것 같다
분간 없이 걸어가는 불안

숲속을 걷고 싶다

텔레비전에서 검은 마스크가 걸어온다
물 먹은 도화지 속 뿌연 하늘 아래

노란색 원피스 차림의 기상캐스터
적에 대항하는 법을 알려준다

내일 나는
흰색 마스크로 무장할 거야

천왕봉에 오르며

가다 보면 세상이 보이겠지
오로지 스틱에 의지하고
몸부림치는 두 발
조심은 조바심을 낳고
두려움은 하얀 마음에 묻힌다

조금만 더 가면 능선이겠지
방향을 잡아야 한다
많아지는 생각, 쏟아지는 땀방울
눈의 무게를 이기지 못하는 나무들
배낭처럼 지고 가야 한다

가다 보면 보이겠지
정상을 향해 가고 있는 걸음걸음
늘 먼저 간 발자국만 따라갔었지

눈으로 덮인 산
외롭게 걸어야 하는 거대한 산

뚜벅뚜벅 가다 보면 세상이 보이겠지
잃어버린 발자국 찾겠지

빗살무늬

호숫가에 앉아서 봅니다
바람이 살랑살랑 불어올 때마다
당신의 품속에서 흔들리는 것

눈이 부신 한나절
열두 번도 더 들락거릴 문턱보다
피라미 한 마리 거리낌 없이
가슴속 물결 헤집고 다니는 동안

반질거리고 번쩍이는 그리움 하나
수족관의 관상어처럼 유영하고

봄빛 반쯤 나누는 어깨를 위해
파라솔 들고 이미 와 있습니다
당신이 바보라고 우길 때까지

3부

라면집에서

라면집에서

양은 냄비에 끓여야 제격이라는 듯
찌그러진 냄비에 라면을 내놓는 집
본래의 색 불에 그슬려 거무데데하고
심심하면 바닥에 굴러 찌그러진 모습
수백 번 뜨거움 견디며 쓰린 속 데우는
투박함 속 조미료가 진한 국물
주인은 빨리 끓어 좋고
손님은 기다리지 않아 좋다
고물 줍는 할아버지도
하루에 한 번 궁상맞은 인사를 하고
버려지지 않은 것만으로 다행인 하루
쓰임새가 남았다는 것만으로도 안심인 하루
일에는 전조가 있다고 하지 않던가
찌그러지고 찌그러지다 피가 나는 날
바늘구멍으로 석수처럼 배어 나오는 국물
긴 면발이 뜨겁게 목을 넘는다

골목, 기울어진 등燈

돌고 돌다 울고 있었지
젓가락에 걸쳐진 파김치 같은 전깃줄
담벼락에 붙은 담쟁이넝쿨 잡아채다
달무리가 되어 기울어진 등
밤마다 너는 나를 보고
나는 너를 보면서 안타까워했지
버선코 기와지붕 다듬고 다듬어
박꽃이었다가 안개꽃이었다가 눈꽃이었다가
가랑비가 하루살이로 네 앞에서 슬프게 죽어갈 때
가난을 투정하면서 정이 든 여기
두 갈래의 길이 나올 때마다 결정을 해야 했지
어린 시절 개발새발 그려놓은 그림들
추적추적 내리는 술 취한 그림자
늪 같은 사랑의 깊이에 빠져
길을 잃고 밤새 돌고 돌았지
아무 일 없을 거라는 편안함으로 키스를 했지
도란도란 연인들의 소리에 밤이 새고
강아지가 짖어도 너는 환하게 웃고 있었지
그때는 그랬다고

어머니의 날씨

핸드폰이 진저리를 치더니
손이 갈 틈도 주지 않고 이내 멈춘다
잘못 걸려온 것이겠지
사무실 책상에서 멋쩍어하는 전화기
발신자를 보여준다

어머니 날씨는 오늘 슬프거나 기쁘다
오직 이런 날씨에만 전화가 오고
창밖에는 햇살이 화사하다
짧은 시간도 기다릴 여유가 없다
해가 지면 안 된다, 끊어야 한다

걱정이 되어 바로 전화를 걸면
다짜고짜 우리 큰아들 보고 싶단다
주렁주렁 매달린 녀석들 캐내는
기억 속 땅콩밭에 앉아
젊은 날 감성 찾아 헤매는 중

아들이 바쁠 거라는 추측은 핑계

수화기 저쪽 멀게 흐느끼는 빗소리
전화 요금은 아들이 내고
절약은 어머니가 한다
변덕스러운 봄날 오후, 맑음

두루마리 섬

산천山川이라고 누군가가 상가 가운데에 알박기한 땅
배를 기다리는 듯한 사람들, 좁은 주방에 걸린
주인 여자의 사연 바라보고
제각기 다른 색깔의 모자
흙이 묻었거나 페인트가 묻어 있는 작업복에
양은 막걸리잔을 휘휘 젓는 새끼손가락
인이 밴 한숨이 뚝뚝 떨어지고
그 섬에 선착장 공사가 있다던데
뱃길 내듯 또 다른 사내가 잔을 젓는다
다리가 놓여 섬이 없어졌다는구먼
너덜너덜 보풀이 이는 지도를 돌돌 말아 세우는 사내
비를 맞고 있는 문밖 인력사무소
쓰레기봉투 뒤지다 주위를 경계하는
고양이와 눈이 마주치고
그의 꿈도 돌돌 말리는 탁자, 더 이상 섬이 아니다
먼지가 덕지덕지 붙은 낡은 선풍기
파라솔 밑에서 뿜어대는 담배 연기 불어내고
사내의 이력같이 괴발개발 쓰여진
국수와 막걸리와 두부와 김치찌개

상처 난 유리창 기워놓은 광고 스티커들
찾아갈 곳 잃은 탈색된 구인광고들
탁자 위에 말려 서 있는 그 섬에 반사되어
어색한 웃음 건네는 희망들 사이
주인 여자의 손길은 바쁘고
치매인 홀시어머니 점심시간은 2시다

봉투 붙이기

할머니에게 일 같지 않은 일이 나에게는 일이고
나에게 일 같지 않은 일이 다른 사람에게는 일이다

종이를 오리고 풀칠하고 붙이는 일
엄청나게 두뇌를 쓸 필요도 없는 일
엉덩이가 아프도록 손놀림을 반복하는 일

가을밤 길거리의 꿀 호떡이
겨울밤 리어커의 마지막 붕어빵이
아버지의 손에서 식지 않아야 한다고

지루해도 참고 견뎌야 하는 어두운 방
할머니의 손놀림처럼 나도
화장실 가는 것 참아가며 오리고 붙이고

받아들고 고마워할 사람들의 미소가
반갑게 펼쳐놓을 작품의 향기가
오래 머무는 동인지가 되어야 한다고

출력된 주소 봉투에 붙이는 나
어느 시대에 살고 있는지 모르게 풀칠하고

즐거움이 되지 못하는 시간이 아까운 일
삶을 오리고 풀칠하는 일
봉투에 넣고 다시 풀칠을 한다

모르는 사람에게 전하는 사랑의 온기가
잊혀지지 않는 사랑의 안부가
할아버지 그리며 하는 일이라면

이거라도 해야 한다는 것
정성껏 해야 한다는것
할머니를 그리며 하는 일이다

엿장수

그때는 그가 모든 것의 기준이었지
이 빠진 낫자루 하나 달랑 담긴 수레
엿판 하나 턱 얹혀놓고
가위 소리 흔들어대면

이것은 엿을 줄까
저것은 엿이 될까

자치기 놀이에 빠져 있었던 우리들
열 자가 안 된다고 우기면
된다고 말하던 그의 말처럼

엿은 똑똑 잘도 부러지고
구멍이 큰 놈이 이긴다고 우기다 보면
옜다, 너도 먹어라

어느 것은 엿이 되고
어느 것은 엿이 되지 못하는
고물들

세상살이 기준이 어디에 있어
인간이 그어놓은 선일 뿐이지
오로지 있다면 엿장수의 맘이지

화려한 리어카, 엿 될 것은 없고
가위 소리에 맞춰 엿을 분리하는 칼끝이 춤추고
주근깨 붉은 얼굴
북소리 둥둥둥

마법에 걸리듯 불빛에 녹는 엿의 끈적임
작년에 왔던 엿장수 죽지도 못하고 또 왔네

돈만 주면 엿은 살 수 있는 것일까
돈만 있으면 엿이 되는 것일까
시장통에 붐비는 그 옛날의 아이들

상고喪故

상복 입은 단발머리 아이가 서 있다
왜 거기 서 있는 거야?
수능시험이 며칠 안 남았잖아?
엄마가 하늘나라에 가셨어요
말문이 닫혀버린 밤
달빛은 이리저리 흩어져
경계를 넘나드는 구석구석
안녕을 묻고 물어서
서럽고 두려운 이의 이슬이 된다

교복을 입고 가방을 멘 아이가 서 있다
왜 벌써 등교한 거야?
수능시험이 얼마 안 남았잖아요
엄마는 하늘나라에 잘 보내드렸니?
입을 다물어버린 가을
낙엽을 쓸어다
저무는 햇살에 뿌리며
뜨거운 안부를 묻고 물어서
서럽도록 우는 귀뚜라미가 된다

한 여자가 수능기원등 아래 서 있다
왜 거기 서 계세요?
아이가 수능시험을 쳐야 하잖아요
아직까지 하늘나라에 가시지 않으셨어요?
정적이 흐르는 운동장
두고 가는 저 마음
야위고 야윈 목소리
별이 된다
선생님 잘 부탁드려요

잉어 먹이를 주며

쌀밥 먹기를 소원하던 그 시절
몇 개의 밥풀 긁어모아
뻥 하는 소리와 함께 쏟아내던
뽀오얀 쌀과자
즐겁게 부서진다

개뿔도 없으면서 으스대며
연못 안에 풀어놓은 자유
기름기 넘치는 뱃살을 뒤척이다
날이 선 자존심
한가롭게 뿌려본다

숨바꼭질하던 푸른 보리밭길
바람결에 출렁대는 허기진 배
깜북이 잡아채듯
보리밥에 고추장 쌈 최고이던
보릿고개도 날려본다

날씬하게

건강하게
아름답게
잉어가 살을 빼는 연못에는
쌀과자가 성긴 눈처럼 흩날린다

눈의 나라에 가면

눈의 나라에 가면
가는 붓으로도 표현할 수 없는 산수화가
병풍처럼 펼쳐져 있는데
이야기 소리 집집마다 도란거리고
강아지 소리만 크다

눈의 나라에 가면
바이올린의 가는 선율로도 표현할 수 없는 음악이
발자국에 조심스럽게 찍히는데
사람들은 화로에 둘러앉아
고구마 익는 냄새에 취해있다

눈의 나라에 가면
어떤 몸짓으로도 표현할 수 없는 춤이
바람에 휩쓸리는 나뭇가지에 살아 움직이는데
세월을 갉아먹는 아픔들 숨기고
먹이를 찾는 짐승들 바쁘기만 하다

우리가 추워서 그들이 따뜻한 세상

눈의 나라에 가면
언어로 표현할 수 없는 시詩가
가슴에 녹아 눈물로 밀려온다

밥 퍼주는 여자

모르는 척 슬그머니
밥해주는 여자
하루에 한 번만이라도
밥을 같이 먹어보자는 제안
한 끼만 먹어도 죽지 않는 여자
한 끼만 굶어도 죽을 것 같은 남자
미안해서 얼굴을 못 드는
그의 숟가락
밥 퍼주는 여자를 훔쳐보는 아침
바쁜데 하며 멋쩍어하는
그의 젓가락
반찬은 중요하지 않다
한 끼 안 먹어도 죽지 않는 여자
한 끼 안 먹어도 죽을 것 같은 남자
하루에 단 한 번이라도
마주 앉아 밥을 먹어보자는 약속
모르는 척 슬그머니
밥 먹는 남자

지청구

어머니의 지청구 그리운 날
강연을 다닌다는 초청 강사

지를 청구하는 것도 아니고
지청을 구하는 것도 아니다
그냥 지청구다

듣는 것이다
듣고 또 듣고
녹음기 소리처럼 반복해서 듣는 것이다

선생님의 회초리도
친구와의 주먹다짐도
이웃집 아저씨께 드리는 인사도
듣고 또 들어야 하는
밥상머리에서 밥보다도 더 먹은 지청구

요즘 아내의 잔소리를 듣는 나
어머니의 지청구가 그리운 날
나는 늘 배가 고팠다

벌초

눈 위를 걸어가던 때처럼
짐승의 발자국 따라 풀을 벤다
한바탕 농악놀이를 끝낸 생채기 앞에
만족하지 못하고 서성이며 뒤돌아
나뭇가지 사이로 비추는 하늘 밖
떠나지 못하는 아련한 집착의 흔적들
그때도 우르르 달려와 겁을 주었겠지
대를 이은 전언
비문은 북간도 눈밭을 걸어가고
시비를 찾아서 떠나던 날
달성공원의 어느 시인처럼
배운 대로 기억했던 그때처럼
묻히고 덮이지 않아
주렁주렁 온몸으로 바람을 맞고 있다
차가운 돌에 꾹꾹 눌러 새겨진 글자들
상실을 넘어 희망의 알갱이들까지
멧돼지의 발자국 따라가다 보면
만주 벌판 달리다 보면
장강長江의 길이 보이리라

비문을 흔들어버린 말벌의 집
멧돼지가 흔들어 놓은 무덤
눈 위를 걸어간 옛사람들의 발자국
햇빛이 나면 곧 사라질까
사라지지 않는 비문
닦고 또 닦고 잔디를 깎는다

어머니의 텃밭

밤마다 끙끙 앓아 키운 오이
어쩌다 고향에 온 나는 그것을 쓱 베어 문다
옆에서 자라는 파의 매운맛도 입에 퍼진다

오이와 파를 겹쳐 심으면
오이의 병이 예방된다는 사실을
어머니는 알고 계신 걸까

친구 따라 가수가 되었다거나
공부하는 친구 만나 법관이 되었다는
텃밭의 오이와 파

밭고랑 건너 무는 저만치 떨어져 홀로 싱싱하다
파 가까이 오면 뿌리가 곧게 자라지 못한다는 사실
어머니는 자리 배치를 하신 걸까

아이들의 상담 끝
채소의 장단점을 챙겨보지 못했지만
친구를 잘못 사귀어 삐뚤어졌다는 하소연

울면서 들어야 했다

끊임없이 배워야 하는 삶
같은 극이 만나면 밀어내는 것
다른 극이 만나면 끌리는 것
스스로 터득하는 어머니의 텃밭

나는
왜
모르고 사는 걸까?

천동설

당신은 하늘이 돌고 있다고 말하고 싶은가

하늘이 돌고 있다고
지구가 돌고 있다고
서로가 돌고 있는 것도 모르고

도깨비불처럼 번져가는 탄식의 밤에
얼굴을 가린 채 구름 속을 유유히 걸어가는 은둔자
체온이 39도가 넘는 이마로 떨어져

코로나로 잠 못 이루는 창가
하루살이처럼 가로등에 날아드는 비말
하얀 마스크 속 어머니의 약손에 잠들고

당신은 아직도 하늘이 돌고 있다고 믿고 싶은가

새장에 갇힌 새처럼 날지 못하고
이곳저곳 썩고 멍든 지구의 거친 숨소리
듣다가 알겠지, 듣다 보면 깨닫겠지

체온계의 숫자는 어지럽게 흔들리고
원을 그리며 번져가는 피조물들
혼돈의 검은 그림자

긴 어둠을 벗어나 잠시 또 숨어서
탐욕에 젖은 자신을 돌아보는 새벽
침묵하는 기도로 서서히 돌아오는 빛

당신은 지금, 지구가 돌고 있다고는 생각하지 않는가

4부

이름에 대한 생각

고비考備*

먼지 덮인 책이 널브러져 있는 방
삐걱거리는 의자에 앉아
오래된 편지를 읽는다

고비사막 모래바람 앞을 막는다
눈썹에 쌓이는 알갱이
모래 속에서 숨죽이는 전갈의 독침

한때는 정의였다고 책은 호통치는데
굽은 길로만 갈 수밖에 없는 감정들
십자로에서 방향을 잃고
좌절하며 절규하다 쓰러져
낮게 미로로 빠져들던 밤

문턱을 넘지 못하고 흐르는 식은땀
까치는 이따금 짖어대고
무질서하게 밀려오는 생각들

고비古碑는 비바람에 글자를 잃어버리고

아, 아, 아, 무엇이지, 누구이지
잠이 깬다

하늘부터 바라보아야 하는 아침이다
그래, 그래
매캐한 향기 머금고 갇혀 지낸 어둠이었지
고통을 꽂아 넣어도 좋을 창문
맑게 비어있는 고비考備

* 고비考備: 방이나 마루의 벽에 걸어놓고 편지나 간단한 종이말이 같은 것
  을 꽂아두는 실내용 세간

이름에 대한 생각

동인 모임에서 서로가 이름 부르기가 그러니
장성한 아이들 앞에서 이름 부르기도 그러니
늙어가는 처지에 다른 사람 듣기에도 그러니
품격에 맞는 이름 하나 갖는 것도 괜찮은 거라고 그러니

차와 커피를 좋아하던 학창 시절에 청다靑茶라고
내 의지와 관계없는 이름 친구들이 붙여 주었는데
커피나 차를 많이 마시라는 것인지
차를 마시며 생각을 많이 하면서 살라는 것인지

아들 장가보내놓고 손자 이름부터 지었다고 하는 조부
술자리에서 손자 이름 자랑하였더니
집안 어른 자기 손자에게 가져가고
다른 이름 지어놓고 기다리니 또 가져가고
섭섭한 마음에 작명을 포기할 즈음
3년 만에 안아본 장손자
밤잠 설치며 지었다는 내 이름
창대하게 물 맑은 큰 인물 되라

선배 시인은 평소 내 품성에 맞추었다며
은은한 달빛이 비치는 집, 월재月齋가 어떤가
세상을 비추는 시 한 편 남겨야 안 되겠나
낯설기만 한 또 하나의 이름

퇴계退溪나 율곡栗谷 같은 학자이거나
송강松江이나 고산孤山 같은 문인이거나
포은圃隱이나 매죽헌梅竹軒 같은 절개 있는 신하이거나
감히 이름을 부르지 못하는 높은 경지 우러러
다른 이름 하나쯤 더 갖는 것이라고

아름다운 여자는 성격도 좋을 것 같고
잘생긴 남자는 능력도 있을 것 같은
그래서 다른 이름 하나 더 가진 사람은
삶의 모범이 되어야 할 것만 같은
역사에 길이 남을 인물일 것만 같은

오래도록 나를 지배해오며
치기 어린 흉내로 지어진 이름 한 번씩 불러 주어도

내 발에 맞지 않는 구두처럼 나를 조여 왔는데
이제 환갑의 나이이니
호號 하나쯤 있어도 괜찮을 거라는 조언

이름의 또 다른 이름
어느 것이면 어떠랴, 정겨우면 되는 것
잊혀지지 않고 불려지면 되는 것

청동조각상, 하나가 되다

대칭의 청동조각상
하나가 되다*를
문신미술관에서 보았다
유충과 애벌레로 지낸 인고의 세월
매미는 서럽도록 울고
세상이 열리고 잃어버린
나의 갈비뼈 하나는
조각품에 남아 있다
아담과 이브가 살던 동산에
나를 유혹하던 녀석마저도
쓸쓸하게 바라보는 노을
구애 소리에 애간장 녹듯
태양의 흐느낌 속으로
단 하루 사랑의 죽음을 허락하는 매미
생명을 다하며 쏟아내는 빛이다
외롭다고 말하는 너와
외롭다고 말하지 못하는 내가
하나가 되는 차디찬 청동 조각상
우주를 향하고 있다

* 조각가 문신의 1989년 작품

패러글라이딩

우리는 그날 우연히 맥주잔 앞에서 하늘을 날아야 한
다고 외쳤지 날개가 필요했던 거야 밤마다 겨드랑이의
솜털을 휘날리며 연습을 했지 그리고 산꼭대기에서 창
공을 향해 두 팔 벌리고 뛰어 보았지 날기는커녕 곧바로
계곡으로 추락하는 거야 옷이 찢어지고 얼굴에 피가 흘
렀지 우리들의 젊음이 너무 무거웠나 봐

소백산 자락, 남한강 건너편에 핀 무지개를 본 적이
있지 패러글라이딩을 하는 사람이 무지개를 잡고 있었
지 우리는 무지개를 잡는 꿈에 부풀어 가슴이 터지는 줄
알았지 하늘을 날며 푸른 산과 계곡, 굽이굽이 흐르는
강을 크게 멀리 보고 싶었지

우리는 매일 술을 마시며 패러글라이딩을 하기로 하였
지 무지개를 꼭 잡아야 한다고 했지 기구를 탐색하고 가
격을 따지고 어떤 교육이 필요한지에 대해 논의했지 곧
하늘을 나를 것 같았어 우리는 못 할 것 없는 젊음이 꿈
틀대고 있었거든 그러나 날지 못하고 계속 추락하는 거
야 우리는 지쳐갔지 한 번도 패러글라이더를 등에 메지

못하고 흰머리 날리면서 단양 팔경을 바라보고 있었지
왜 추락하는지 모르는 시간이었지

몸무게를 줄이면 날 수 있을까

겨드랑이털을 키우면 날 수 있을까

잔 위에 고여 있는 욕망을 걷어내면 날 수 있는 것일까

맥주잔 속에 침몰한 꿈의 잔해는 30년 동안 생각의 무
게에 눌려 있었던 거야
우리는 거품을 걷어내고 맥주를 마시기로 했지

웰 다잉Well dying

죽는 것도 교육이 필요하단다
학창 시절 지독하게 하기 싫었던 공부
다시 시작하는 날

미술관 이곳저곳 허둥대던 은행잎 따라
화령전 작약* 앞에 섰다

운명 같은 사주가 정말 있는 것일까
강물에 자식을 실어 보낸 친구 엄마의 푸념
생각나지 않는 친구를 꽃 속에서 떠올리게 되고

화려한 작약과 전각
적록의 강렬한 색채가 당기는 힘
이웃 그림들 사이에서 화려하다

죽고 싶어도 쉽게 죽을 수 없고
살고 싶어도 쉽게 살 수 없는
밤이 아직 멀리 있는 노을 앞에서

산사의 추녀 끝에 혼자서 흔들리는
풍경 같은 조명 아래
작약은 향기를 내지 못한다

앞서가던 그대가 저만치서 뒤돌아보며 들려준
너스레로 머무는 실루엣 같은 삶
좌충우돌 정열의 꽃이 되고 싶었을까

아무나 출입을 허락하지 않는 곳에
나의 것 하나둘 버리는 연습
화령전 앞 작약, 너무 많이 피어서 슬프다

* 나혜석의 그림

까치와 아버지

아버지는 감나무를 내리칠 듯 장대 들고
까치는 떼로 앉아 깍깍거리고

먼 산 위에 뜬 태양인지
푸른 하늘에 뜬 홍시인지
늦잠에서 깬 대청마루가 눈곱을 뜨고

없던 시절에도 때깔만은 영국신사 같았던 녀석들
동네가 떠나갈 듯 짖어댄다

몇 개 안 달린 홍시
못 먹는 감 찔러나 보는 심보로구나
팔순의 노인은 장대로 하나 따겠다고 하고

포수의 총알보다 빠르게
낚아채는 장대 끝 망태기

까치는 물러서지 않고
돌팔매를 만류하는 아버지

내년엔 많이 열거라
저것들도 실컷 먹게

황새바위* 오르며

백로가 금강을 휘휘 돌아 나래를 편다
푸른 하늘에 새하얀 무희의 춤판
관객처럼 고도古都를 내려다보고

황새바위에 이름 없이 피운
천상의 하얀 꽃들
그 오래전의 행렬

오랏줄에 묶인 손 기도손 되고
칼끝에 찔리며 끌려가는 십자가

돌계단 하나하나에
피로 눈물로
여기 제가 있음을 찍었을 뿐인데

안식은 먼 곳에 있어도
가는 길 멀지 않은
여기
그 출발점에 섰을 뿐인데

항쇄의 사슬
피
뚝
뚝
흐르는 계단

오르고 또 오르면
한없이 편안한 숲길
고통의 신비여 영광이여

금강은 묵도하듯 묵도하듯
흐르는데

* 황새바위 : 충남 공주시에 있는 천주교 성지

알레르기

벌레가 기어간다

'의 좋은 형제' 이야기를 끝까지
조사 하나 빠뜨리지 않고 외우려고
방학을 날려버린 초등학교 시절

늘 머리 쥐어박던 밤송이 선생님의 회초리
스멀스멀 머릿속을 기어간다

채집되어 발버둥 치던 곤충들 기어가고
가려워 긁다 보면 피가 난다

피가 나는 줄 모르고 외우다가
놀란다

문리를 터득한다고 하던가
약을 바르고
참을 가려움도 없는
점수를 매기기 위한 봉사활동, 숙제의

이십일 세기 방학
가려움이 멈추지 않는다

다시 기어 오는 벌레들
반사적으로 자유를 긁어낸다

전지작업

머리 내민 죄 컸으렷다
잘린다고 서러워 마라
가을 단발령이 내려졌다

목은 잘려도
머리카락은 자를 수 없었던
구한말 이 땅의 자존심

시퍼런 칼날이
그대의 목을 죄어도
그대여 번뜩이는 눈을 뜨라

길어서 좋은 그대의 개성
앞서서 신나는 그대의 능력
박수는 없고 칼날이 춤춘다

조화란 까까머리 같은 것
어깨동무하고 둥글게 사는 것
술잔 속으로 침전하는 달과 같은 것

흩날리는 머리카락 잠재우고
계절 앞에 머리 조아리는
서러움이다

시래기

때 이른 서리가 와서
털실 목도리 둘둘 말고

베란다에 널린 햇빛 걷어 엮더니
푸른 날 시들시들

더 이상 쪼그라들 수 없는
만지면 폭삭 부서지고 말 것 같은 당신

햇빛에 잘도 말라 굳어진 줄기
온천수에 몸을 담그면

감기들어 콜록거리는
젊은 날 뒤척이고

사투리 같은 된장 풀어
바글바글 속 덥히면

아이구 시원해
아이구 시원해

94

불빵구

뒷바퀴가 탈이 났나보다 시름시름 하더니 아예 주저앉
았다 보험회사 서비스 출동을 불렀다 지렁이라고 하는
것을 가지고 응급조치를 한다 디귿 모양의 못이 박혔단
다 바로 타이어를 바꾸던지 불빵구를 해야 한단다 물어
물어 찾아간 곳, 노인은 반가운 손님이 와서인지 고쳐줄
생각은 안 하고, 카센터에 가면 멀쩡한 것 놔두고 새것
으로 바꾸라고 한다며 푸념을 하더니 과정을 잘 보라고
명령한다 요즘은 믿을 수가 없는 세상 지켜봐야 양심적
으로 한단다 바퀴를 분해하여 갈고 닦고 하더니 타이어
조각을 안쪽으로 덧대고 인두 같은 것으로 눌러 놓으며
넓은 이마에 땀을 쏟는다 이렇게 고칠 수 있는데 바꾸라
고 하면 그런가 보다 하고 손님들이 바꾼단다

돈이 좋다지만 아낄 것은 아껴야 한다고 생전의 할아
버지 같은 잔소리가 석양에 녹고 타이어 안쪽은 예쁘게
성형되어 제자리로 돌아온다

좋은 기술을 가지셨네요. 이건 기술에도 안 들어갑니다

허연 머리카락 사이로 해가 뉘엿뉘엿 지고 있다

95

초등학교 담벼락에 찍힌 총탄 자국

표지판이 생기기 전까지는
전쟁의 흔적일지 모른다고 생각했다
부정선거에 항의한 시민들의 분노
희미한 역사책의 흑백사진처럼
내가 태어나기 이전에 시작되어
시멘트의 수명만큼 나이를 먹다가
초등학교 학생들의 초롱초롱한 눈동사가 된다

충청도 어느 산골짜기에서 태어나
서울로 경기도로 전라도로 떠돌다
마산에까지 밀물처럼 떠밀려 왔다
수출자유지역으로 유명했던 전국의 7대 도시
비릿한 바다 내음의 부둣가
전설처럼 열사의 생생한 흔적이 서 있고
스크럼을 짜고 나가는 시민들
교복 입은 학생들의 역동적인 모습
함성이 들리는 것만 같아 아린,
하늘을 찌를 것 같은 3 · 15의거 기념탑
이방인을 맞는다

철길이 지나는 굴다리 밑
몸소 총알을 받아내던 초등학교 담벼락
아이들이 그린 별처럼 햇살에 반짝여서
석탄 실은 열차의 하얀 연기 사라지고
평행선의 둘레길 되어
산책하는 사람들의 이야기꾼이 된다
상처로 남은 흔적 당당하게
그날의 함성과 총소리 울리던 서성동
그날처럼 창동으로 발길을 돌린다
마산에서 찍은 발자국
부산으로 서울로

태풍, 매미

그 바람은
옆구리가 잘린 처마 끝
노인의 절규였지요
내 생전 처음이야,
굽은 허리만큼 더 굽어지는
9월의 오후

그 바람은
섬돌을 내던지며 배를 날려버린
때늦은 광란이었지요
옛날 바닷물과 함께 놀던
잃어버린 고향의 잔서殘暑
9월의 저녁

그 바람은
지붕을 하늘로 날려버린
매미 울음소리였지요
꺼질 것도 없는 한숨 속
물로 채워진

9월의 밤

그 바람은
팔 걷어붙인 이웃에 떠밀려간
철부지 같은 바다였지요
눈물보다 진한 땀방울
달이 기울도록 식지 않았던
9월의 마산

해설

존재의 아이러니와 전이의 상상력

장 만 호(시인 · 경상국립대학교 교수)

1. 시생일여詩生一如의 시학

민창홍 시인은 그동안의 시적 이력을 통해 시와 삶의 일치를 추구해왔다. 독자들이 그의 이전 시에서 발견하는 비유적 인식의 확장, 동심과 순수의 시선들은 선입견의 배제를 통해 시적 대상의 본질에 다가서고자 하는 시적 태도의 발현이며, 또 다른 특징인 애정과 연민의 정서는 시가 언어예술이라는 형식적 정의를 넘어 인간 존재의 내면을 교환하는 삶의 장소라는 인식에 기인한 것이라 할 수 있다. 삶은 형이상학적 전제로부터 이해되지 않으며, (삶이 곧 시라는 점에서) 시 역시 미적 기획만으로 완성될 수 없다는 생각이 그의 시편들의 중심에 자리 잡고 있는 것이다.

이번에 나온 『고르디우스의 매듭』(황금알, 2021)에서 민창홍 시인은 종전 자신의 시관을 더욱 발전시키고 있다. 그에게 삶이란 "매일 집을 짓고/ 매일 집을 허"무는 일이며, 시를 짓고 시를 허무는 일이란 "지금/ 내가/ 살아가는 방식"(「시인의 말」)이다. 시생일여詩生一如의 시학이라고 부를 수 있는 민창홍의 이 같은 태도는 그의 일상이 시로 점철된 삶이며 그의 시가 삶의 부단한 실천임을 알게 한다. 이 시집에 실린 많은 시들이 시적 대상들을 함부로 다루면서 섣부른 의미의 결정화를 지향하지 않으며, 인간에 대한 일면적 인식을 통해 어설픈 깨달음에 도달하지 않는 까닭이 여기에 있다고 할 수 있다. 그러니까 민창홍의 이번 시집은, 삶이란 특정한 원리로 환원되지 않으며 어떠한 정언명령이나 확고한 단안을 내면화함으로써 도달할 수 있는 초월적 이해의 영역이 아니라는 것, 오히려 세계와의 접촉으로부터 얻어지는 경험적 실감과 감각적 소통의 불연속적이고 돌발적인 순간에 개시되는 무한한 가능성의 영역에 존재한다는 사실에 대한 시적 증명인 셈이다.

민창홍 시인은 이 같은 시적 증명을 위해 삶의 모순과 예외성에 주목한다. 그에게 한 편의 시는 다른 한 편의 연장이 아니며 다른 시의 이해를 위한 디딤돌이 아니다. 미학적 기획으로 개개의 시편들의 상호질서를 조율해나가는 대신 그는 우발적이며 돌발적인 사건들에 주목한다. 우발성은 예측 가능함과 질서를 추구하는 사람에게는 삶의 아포리아aporia에 지나지 않겠지만 민창홍 같은 시인에게 우연이란 삶을 추동하는 신비와 조우하며 체험의 가능성을 확대하는 계기가 되기 때문이다. 가령 이원수 문학관에서 모든 꽃들이 일순에 피어오르는 광경을 보며 "놀라움에 어찌 순서가 있으랴/ 삶은 순서 없이 불쑥불쑥 튀어나오는 법"(「일장춘몽」)이라고 말하는 것처럼, 그의 시는, 삶은 언제나 예측하지 못한 단절과 전복을 보여준다는 사실에 대한 경탄으로 가득하다.

이 글은 민창홍의 시가 이처럼 우연을 필연의 질서로 전유專有하지 않고 삶 그 자체의 경이와 마주하는 아이러니적 태도, 전이의 상상력을 통해 감각을 확대하고 대상과 소통하는 힘, 회상을 통한 존재론적 기원의 탐색과 자기실천에 있다는 점을 살펴보고자 한다.

2. 존재의 아이러니, 불혹에서 이순으로

이번 시집의 표제작이기도 한 다음 시편은 민창홍의 이번 시집이 지닌 전체적인 경개景槪를 보여주는 시라 할 수 있다. 고르디우스의 매듭이란 무엇인가. 프리기아의 수도 고르디움에는 고르디우스의 전차가 있었고, 그 전차에는 매우 복잡하게 얽히고설킨 매듭이 달려 있었다. 아시아를 정복하는 사람만이 그 매듭을 풀 수 있다고 전해지고 있었는데, 훗날 알렉산더 대왕이 그 지역을 지나가던 중 그 얘기를 듣고 칼로 매듭을 끊어버렸다고 전해지는 그 매듭이다. 어려운 난제에 대해서는 예상을 벗어난 방법이 필요하다는 의미로 사용되지만, 다른 한편으로는 운명이란 주어진 것을 푸는 것이 아니라 주어진 것을 거부함으로써 스스로가 만들어가는 것이라는 의미로 사용된다. 시인은 이 전설의 매듭에 새로운 의미를 덧붙인다.

나이가 들면서 너그러워진다
불같은 성냄도 급함도 고집도
얽히고설킨 매듭 풀리듯이 너그러워진다

보고도 못 봤다고 억지 부리고
모르는 일이라고 우기고
편 가르듯 가짜 뉴스로 말한다면 치매다

칡과 등나무의 얽힘을 보거든
개울가에 나와
물이 흘러가는 것을 보라

물살은 수많은 돌과 부딪치며
맑아지고 유순해진다
어디 막힘이 있는가

배배 꼬이고 얽힌 것

칼로 과감하게 잘라
흐르는 물이 되어 매듭을 풀리라

불혹에는 그렇다 하더라도
이순의 나이가 넘어도
너그럽지 않으면 치매다

        – 「고르디우스의 매듭」 전문

 시는 '얽힘/ 풀림' '억지와 우김/ 너그러움' '칡과 등나
무/ 물'의 대비를 통해 삶이라는 고르디우스의 매듭을
어떻게 풀어야 하는가에 대한 질문과 대답, 그리고 다짐
으로 이루어진다. 일련의 과정에서 물의 상상과 '너그러
움'의 미덕이 이 시의 일차적 의미 구성을 관류하는 뼈대
가 되고 있음은 분명해 보인다. 문제는 이 '너그러움'의
의미인데, '너그러움'이 어떤 의미를 내장하고 있는가에
따라 이 시의 이차적 의미가 부상할 것이기 때문이다.
 주지하듯 동양의 나이는 단순한 숫자가 아니라 그 나
이대의 사람이 지키거나 다다라야 할 태도와 경지를 가
리켜왔고, 공자의 명명법으로부터 유래된 것이긴 하지
만 사람들은 수천 년간 특정 나이에 요구되는 덕목을 갖
추려 노력해왔다. 이 중 사회적 정년을 맞이하며 생리학
적으로도 노령기에 들어서는 나이인 60세를 가리키는
이순耳順은, 한자의 뜻 그대로 '귀가 순해진다'는 의미를
지니면서 남의 말을 듣기만 하면 곧 그 이치를 깨닫는다

는 유교적 의미를 동시에 지닌다. 민창홍 시인은 이를 '너그러움'으로 재해석하고 있는데, 간과할 수 없는 것은 이순이 '불혹'과의 대비 속에서 그 의미를 간취하고 있다는 점일 것이다. 미혹됨이 없다는 것은 무엇인가. 그것은 보편적 원리를 깨닫게 되는 '지천명'의 앞에 오는 것이기에 주관적이며 개인적인 것에의 의지依持, 때로는 '불변/ 확실성'에의 의지意志이기 쉽다. 그러므로 '고르디우스의 매듭'을 풀어내는 '너그러움'이란 노령기의 한 인간이 습득하게 되는 경험적 정서와 태도, 노년에 대한 사회적 기대치를 내면화한 '물러섬'이 아니라, 확실한 것, 즉 '불혹에 대한 회의'이자 '미혹'에 대해 '열려있음'의 태도인 셈이다. 적지 않은 가편佳篇들이 갈무리되어 있음에도 그가 굳이 이 시를 표제작으로 삼은 까닭이 여기에 있을 터인데, 단일한 관점과 의지란 주관적인 욕망과 고집에 지나지 않으며 오히려 '미혹(흔들림, 혹은 불일치)'을 너그럽게 받아들이는 태도야말로 민창홍이 이 시집을 통해 관철하고자 하는 유일한 시적 태도가 아닐까 생각하게 된다. 달리 말한다면 이로부터 우리는 민창홍이 아이러니적 사유의 소유자임을 확인하게 되는 것이다.

일반적으로 아이러니란 원래의 의미를 숨기고 반대로 말하는 것, 즉 표현과 의도의 불일치를 지향하는 수사법의 하나이다. 그러나 아이러니가 중요한 의미를 획득하는 지점은 그것이 수사법을 넘어 하나의 미적 태도, 나아가 철학적 인식으로 확대되었을 때이다. 칼 졸거의 말을 빌리자면 진정한 아이러니란 "현세의 운명 일반을 정관하는 것으로 시작"하는 것이다. 현세의 운명이란 무엇일까. 삶은 근본적으로 역설적이고 모순적인 것이며 삶과 죽음, 정신적인 것과 물질적인 것의 근본적 부조화로 가득하다. 아이러니의 관점에서 우주는 "전적으로 이질적이고 전연 무의미하며 완전히 결정론적이고 불가해할 만큼 광대"하며, 인간은 이 "우주에서 자만심에 사로잡히고 주관적으로는 자유롭지만 시간적으로는 한정된 자아의 현상"[1]에 지나지 않는다.

그러므로 아이러니적 사유의 소유자는 이 모순과 불일치를 정관하고 내면화한다. 이 불일치의 내면화란 민창홍의 어법으로 치면, '너그러움', 혹은 '불혹'에 대한 거절이며, 앞에서 우리가 민창홍의 시생일여의 시학에 대해 논의한 바에 따르면 '우연을 필연의 질서로 전유專有하지 않고 삶 그 자체의 신비와 마주하며, 삶에 내재되어 있는 다양한 가능성에 천착'하는 것이다. 사회철학자 리처드 로티가 아이러니스트를 두고 "자신의 가장 핵심적인 신념과 욕망의 우연성을 직시하는 사람, 그와 같은 핵심적인 신념과 욕망이 시간과 우연을 넘어선 무엇을 가리킨다는 관념을 포기"하는 사람"[2]이라 정의할 때 우리는

---

1) D. C. Muecke, 『아이러니』, 이상득 역, 서울대학교 출판부, 1980. 108~109쪽.
2) Richard Rorty, 『우연성, 아이러니, 연대』, 김동식 · 이유선 옮김, 사월의 책, 2020. 25쪽.

민창홍의 이 시집을 떠올리게 되는 것이다. 민창홍의 이
같은 아이러니스트적 면모는 '죽음'을 이야기하는 다음
시편에서 좀더 분명하게 드러난다.

죽는 것도 교육이 필요하단다
학창 시절 지독하게 하기 싫었던 공부
다시 시작하는 날

미술관 이곳저곳 허둥대던 은행잎 따라
화령전 작약* 앞에 섰다

운명 같은 사주가 정말 있는 것일까
강물에 자식을 실어 보낸 친구 엄마의 푸념
생각나지 않는 친구를 꽃 속에서 떠올리게 되고

화려한 작약과 전각
적록의 강렬한 색채가 당기는 힘
이웃 그림들 사이에서 화려하다

죽고 싶어도 쉽게 죽을 수 없고
살고 싶어도 쉽게 살 수 없는
밤이 아직 멀리 있는 노을 앞에서

산사의 추녀 끝에 혼자서 흔들리는
풍경 같은 조명 아래

작약은 향기를 내지 못한다

앞서가던 그대가 저만치서 뒤돌아보며 들려준
너스레로 머무는 실루엣 같은 삶
좌충우돌 정열의 꽃이 되고 싶었을까

아무나 출입을 허락하지 않는 곳에
나의 것 하나둘 버리는 연습
화령전 앞 작약, 너무 많이 피어서 슬프다
　　　　　　　　　　　　　　ー「웰 다잉Well dying」전문

　나혜석의 그림 〈화령전 작약〉에 드리운 녹음과 붉은
작약의 강렬함이 죽음에 대한 인식과 어우러져 복합직
인 감정을 자아낸다. 이순을 넘기고 정년을 바라보는 현
직 교장 선생님으로서의 시인이 다시 배우는 것은 '웰다
잉', 즉 '잘 죽는 법'이다. 죽음에 이르는 것도 배워야 한
다니. 어릴 적 강에서 사고로 죽은 옛 친구의 갑작스럽
고 어린 죽음과 겹쳐 '웰다잉 수업'은 화자를 노을 앞에
데려다 놓는다. 밝음과 어둠, 그 자체로 삶과 죽음의 경
계를 암시하는 양가적 시·공간으로서의 노을 앞에서
화자는 "나의 것 하나둘 버리는 연습"을 하고 있다. 너무
많이 핀 화령전 앞 작약이 스스로를 비워내는 화자와 대
비되면서 존재의 비극성이 두드러진다. 어찌 보면 하나
의 단순한 에피소드 같지만 시는 삶과 죽음, 밝음과 어

듦, 유년과 노년, 인간과 자연, 빔과 가득함의 대비로 구성되며 아이러니한 존재의 탄생과 소멸을 우리 앞에 담담히 펼쳐놓는다.

앞서 거론한 '현세의 운명 일반을 정관하는 것이 아이러니적 사유의 시작'이라는 말에서 '현세의 운명 일반'이 가장 먼저 지시하는 것은 존재의 필멸, 즉 죽음일 것이다. 죽음의 확실성, 그러나 우리가 삶을 끝까지 살아나갈 수 있는 것은 죽음에 대한 완강한 거부라는 사실은 우리들 삶의 아이러니를 더욱 깊게 만든다. 그리고 보면 얼마 전부터 유행하는 '웰빙'과 '웰다잉' 열풍은 사실 인간 존재의 유일한 운명, 즉 죽음에 대한 인식의 대중화이면서, 무엇보다 동일한 목적을 지향하는 이음동의어인지도 모른다. '웰다잉'이란 죽음을 인정함으로써 남은 삶을 충실하게 살도록 하는 '웰빙'이기도 하기 때문이다. 민창홍이 시에서 "죽고 싶어도 쉽게 죽을 수 없고/ 살고 싶어도 쉽게 살 수 없는/ 밤이 아직 멀리 있는 노을 앞에서"라고 말할 때, 그는 아직 '밤=죽음'을 가급적 멀리 두고 싶은 인간의 욕망을 드러내고 있으며, 삶과 죽음이 동시적으로 공존하는 아이러니한 존재로서의 인간을 정관하고 있는 셈이다.

유충과 애벌레로 지낸 인고의 세월
매미는 서럽도록 울고
세상이 열리고 잃어버린

나의 갈비뼈 하나는
조각품에 남아 있다
아담과 이브가 살던 동산에
나를 유혹하던 녀석마저도
쓸쓸하게 바라보는 노을
구애 소리에 애간장 녹듯
태양의 흐느낌 속으로
단 하루 사랑의 죽음을 허락하는 매미
생명을 다하며 쏟아내는 빛이다
외롭다고 말하는 너와
외롭다고 말하지 못하는 내가
하나가 되는 차디찬 청동 조각상
우주를 향하고 있다

ー「청동조각상, 하나가 되다」부분

　　오랜 시간 땅속에 있었던 매미의 우화와 함께 울음은
시작된다. 매미의 울음으로 세상이 열리고, 나의 열린
가슴에서 나온 갈비뼈는 조각의 일부가 된다. 감각과 시
선의 교묘한 전이를 통해 매미와 조각과 '나'가 연결되는
순간이다. 민창홍은 이 연결을 통해 순간과 영원을, "외
롭다고 말하는 너와/ 외롭다고 말하지 못하는" 나를 그
이름처럼 '하나가 되'는 조각상 안에 들여앉히고 우주를
향해 전진시킨다. 일종의 초월인 셈인데, 지구적 영역에
서 일어나는 탄생과 죽음, 순간과 지속, 외로움과 외롭
지 않음이 하나가 되어 우주적 차원으로 비약하는 시적

진행은 모순을 극복하고자 하는 초월의 형태를 보여주고 있는 것이다.

이처럼 모순되고 대립되는 양상을 하나로 합일시킴으로써 좀더 높은 곳을 지향하는 방식이야말로 아이러니적 사유의 전형적인 특징이라고 할 수 있다. 우리의 삶은 모순적인 것들의 대립이기도 하지만, 이 모순의 상호 교류이기도 하다. 훌륭한 문학, 훌륭한 시는 상호대립과 상호침투를 동시에 진행하여 새로운 합일을 이루어냄으로써 한 단계 높은 삶, 한 단계 높은 문학을 향해 나아간다. 물론 새로운 단계 역시 잠정적인 모습이며 또다시 초월되어야 할 대상이지만 이 과정을 통해 삶은 좀더 나은 삶이 되며 문학 역시 진전된 문학이 된다. 매미와 '나와 너'가 하나가 되어 우주로 향하는 초월을 시도함으로써 민창홍은 삶과 죽음, 외로움과 외롭지 않음을 넘어 새로운 초월, 시생일여의 삶을 향해 나아가고 있다.

3. 전이의 상상력과 존재의 자유

불혹의 거부를 통해 아이러니적 사유를 보여주는 민창홍 시의 또다른 미덕은 감각과 사유의 전이에 있다. 민창홍의 많은 시들은 단순히 시적 대상의 물질적 윤곽에 집착하지 않고 감각과 사유의 전이를 통해 대상의 새로운 면모를 드러내는데 다음과 같은 시가 그 대표적인 경우라 할 수 있다.

> 손자가 어린이집에서 그려온 나비
>
> 베란다 유자나무에 앉았다가
>
> 방안을 날고 있다
>
> 온통 노란색이다
>
> 꽃 주변 빙빙 돌다가
>
> 잠이 든다
>
> 노란 유자가 상큼하다
>
> — 「나비」 전문

　시 안에는 움직임과 고요함이 가득하다. 화자의 손자가 어린이집에서 그린 나비 그림 한 장이 만들어내는 일련의 연쇄는 가히 '나비효과'처럼 시 내부를 뒤흔든다. 단 일곱 줄의 시 안에서 나비는 앉고, 날고, 돌다, 잠이 든다. 시선의 정지와 선회, 높이와 깊이가 자유자재이다. 나비의 역동적인 움직임에 따라 방안에서 베란다로, 허공에서 유자나무로, 유자나무에서 방안으로, 꽃 주변

에서 다시 바다으로 공간의 전환이 현란하다. 이처럼 시인은 시 안을 나비로 가득 채우고 있는 중이며, 끝내는 나비의 이 시각적 움직임을 후각과 미각을 동시에 떠올리는 '상큼함'으로 전환시킨다. 놀라운 감각의 전환, 이 환상과 경이의 풍경을 가능케 하는 것은 당연히 손자에 대한 할아버지의 사랑이겠으나 이 자유자재의 변이를 가능케 하는 근본적인 동인은 민창홍 시가 가진 전이의 상상력 덕택이라 할 수 있다. 그림 속의 나비를 공중에 날아오르게 하고 온 세계를 노란 상큼함으로 물들이는 이 전이의 상상력은 고정된 일상을 가능성의 영역으로 끌어올림으로써 삶을 경이로 가득 채운다. 다음 시 역시 전이의 상상력을 여실하게 보여주는 시라 할 수 있다.

토란 몇 알 빈 화분에 심고 남은 것은 화단에 심어 놓았다 화분은 햇빛을 쫓아 머리를 길게 뽑고 물을 먹는다 휴식 시간에 둘러보는 화단은 잡초만 우거질 뿐 토란이 보이지 않는다 몇 번의 헛수고에 토란이 잊혀져간다

무더위가 짜증을 내기 시작할 무렵 찾아온 장마, 세찬 빗줄기가 풀들을 땅에 눕히는 동안 우산을 쓰고 작은 도랑을 낸다 화단의 무성한 풀들 용수철처럼 다시 일어나 푸르다 나무도 손을 뻗어 만세를 부른다

잊혀진다는 것은 슬픈 일이다
풀처럼 누웠다가 일어난 친구

초록색 어린이 우산을 쓰고 걸어오고 있다
　　　　　　　　　　　　　　　　　　　－「토란」전문

　싹틔우지 않는 식물을 키우는 것처럼 허망한 일이 있을까. 화자는 화분과 화단에 토란을 심는다. 화분에서 잘 자라는 토란이 화단에서는 무소식이다. 토란이 자라나기는커녕 화단에는 풀만 무성하다. 도랑을 낸 덕분일까, 비를 맞아서 일까. 풀들이 용수철처럼 다시 일어나고 나무들도 더욱 자라난다. 여기까지 읽다 보면 단순히 토란을 키운 소박한 경험담이다. '화분/ 화단' '토란/ 도랑' 등 세심한 음성적 대조를 그 안에 배치해두고 있으나 서술형의 문장들을 주로 사용하고 있으며 별다른 수사적 장치가 없어 보인다. 그러나 마지막 연에 이르게 되면서 시는 "무성한 풀들"이 "용수철처럼 다시 일어나"는 것처럼 도약한다. 소박하고 단순하게 느껴지던 시가 교육에 대한 알레고리였음이 드러나면서 화분은 온실이며, 화단은 온실 밖으로도 읽히게 된다. 도랑을 낸 행위가 '잊혀진' 아이에 대한 관심과 살핌이었던 것이다. 특히 앞의 두 연은 산문시의 형태를 세 번째 연은 행갈이의 형식을 취하고 있는 점, 즉 수평으로부터 수직으로 시의 형태를 전환시킨 것은 "풀처럼 누웠다가 일어난 친구"를 형상화하는 것이며, 이 같은 의미의 도약과 반전을 시각적으로 형상화하기 위함이기도 하다. 무엇보다 주목할 부분은 토란과 풀이 "초록색 어린이 우산"으로

116

전이되는 과정이다. 토란으로부터 형태적 유사성을, 풀로부터 쓰러졌다 일어나는 복원력과 생명력을 간취하고 다시 이를 "초록색 어린이 우산"(='초록색 어린이 우산을 쓰고 있는 아이')로 바꿔놓고 있다. 환유와 은유를 중첩시키면서 끝내는 이 우산이 "걸어오고 있다"고 함으로써 토란과 풀의 고정성을 운동성으로 전환시키고 있는 것이다. 이처럼 민창홍은 감각과 대상을 절묘하게 연결하고 중첩하는 전이의 상상력을 시집 곳곳에서 발휘함으로써 시적 대상들에게 이전에 없던 가능성을 부여한다. 이 가능성이야말로 우리들의 시적인 삶이란 필연이라 부르는 인과율의 테두리 안에 존재하는 것이 아니라 굴절과 변전의 과정을 통해 스스로를 갱신하는 자유의 다른 이름인 것이다. 이런 관점에서 볼 때 쉽고 평이하게 읽히기 쉬운 민창홍의 몇몇 시들이 사실은 숙고와 고심을 잘 갈무리한 결실이라는 점, 간결한 구성을 가진 시들마저도 오래 생각토록 요구하는 힘을 지녔다는 사실을 새삼 깨닫게 한다.

4. 존재론적 자기 탐색과 새로운 실천

문학, 특히 시는 다양한 체험을 의미를 연관 삼아 예술적으로 조직화한다. 체험이란 살아있는 경험이며, 몸소 겪음으로써 자기화된 경험이며 예술적인 조직화의

중요한 방식은 기억과 회상에 있다. 서정시에서 시간의
문제가 중요한 까닭이 여기에 있다. 이번 시집에서 민창
홍은 자신을 구성하고 있는 본질적인 체험들을 회상의
방식으로 구체화함으로써 현재의 자신을 되묻고 있다.

> 돌고 돌다 울고 있었지
> 젓가락에 걸쳐진 파김치 같은 전깃줄
> 담벼락에 붙은 담쟁이넝쿨 잡아채다
> 달무리가 되어 기울어진 등
> 밤마다 너는 나를 보고
> 나는 너를 보면서 안타까워했지
> 버선코 기와지붕 다듬고 다듬어
> 박꽃이었다가 안개꽃이었다가 눈꽃이었다가
> 가랑비가 하루살이로 네 앞에서 슬프게 죽어갈 때
> 가난을 투정하면서 정이 든 여기
> 두 갈래의 길이 나올 때마다 결정을 해야 했지
> 어린 시절 개발새발 그려놓은 그림들
> 추적추적 내리는 술 취한 그림자
> 늪 같은 사랑의 깊이에 빠져
> 길을 잃고 밤새 돌고 돌았지
> 아무 일 없을 거라는 편안함으로 키스를 했지
> 도란도란 연인들의 소리에 밤이 새고
> 강아지가 짖어도 너는 환하게 웃고 있었지
> ―「골목, 기울어진 등燈」 부분

가로등은 기다리는 사람의 것이다. 가로등 근처에는 가로등 불빛의 테두리 밖에서 언제 올지 모르는 사람을 기다리며 서성이는 사람이 있다. 가로등은 상처받은 사람의 것이다. 자신의 내면을 가로등 불빛에 오래 들여다보는 사람의 것이다. 가로등은 모든 돌아오는 사람의 것이다. 난파 직전의 배가 멀리 등대를 발견하듯 흔들리며 주저앉고 싶은 늦은 귀갓길, 저 앞에서 가로등은 서 있다. 무엇보다 가로등은 과거에 서 있다. 뒤돌아보면, 지나온 삶이, 가로등 아래 때로 남루하게, 때론 아련하게 서 있다. 「골목, 기울어진 등燈」은 시인의 삶 역시 가로등 아래의 삶이었음을 여실히 보여주며 민창홍의 원체험의 일단을 엿볼 수 있는 수작秀作이다.

가로등이 위치한 골목의 삶은 신산하다. "젓가락에 걸쳐진 파김치 같은 전깃줄/ 담벼락에 붙은 담쟁이넝쿨 잡아채다/ 달무리가 되어 기울어" 있는 가로등은 오래되었으며, 그 자체로 이 골목에 사는 사람들의 형상이라고 해도 무리가 없다. 그러기에 "밤마다 너는 나를 보고/ 나는 너를 보면서 안타까워 했"을 것이다. 또 그러하기에 화자는 이 후미진 골목을, 혹은 후미진 삶의 언저리를 "돌고 돌다 울고" 있었던 것일 게다. 가로등 아래 여전히 시간은 흘러가고, 가로등 아래로 시간이, 눈이, 비가 "박꽃이었다가 안개꽃이었다가 눈꽃이었다가" 사라지고, 어느 때는 "가랑비가 하루살이"처럼 가로등 "앞에서 슬프게 죽어"간다. "가난을 투정하면서 정이 든" 이 골목에서 그는 오래 살아야 했고, 가로등 아래에서 "아무 일 없을 거라는 편안함으로 키스"를 했으며, "두 갈래의 길이 나올 때마다 결정을 해야" 했고, "늪 같은 사랑의 깊이에 빠져/ 길을 잃고 밤새 돌고 돌았"던 것이다. 누구에게나 젊음과 가난은 통과의례처럼 놓여 있었던 것이지만 민창홍처럼 이렇게 '가로등 아래의 생'을 핍진하게 그려내기는 어렵지 않겠는가.

이번 시집에서 민창홍이 이처럼 회상의 형식을 통해 원형적인 체험을 시화하는 까닭은 분명해 보인다. 앞서 말한 것처럼 불혹을 지나 이순을 넘었고, 평생을 교직에 몸담은 선생님으로서, 학교를 통솔하는 교장 선생님으로서 이제 정년을 앞두고 있기 때문일 것이다. 또는 대학생 아들이 어버이날 선물한 "붉은색 커플 티셔츠"를 받고 "카네이션꽃보다 붉게/ 달아오르는"(「카네이션꽃」) 선한 아버지이자, "손자가 어린이집에서 그려온 나비"(「나비」)를 보며 집안이 온통 노랗게 물드는 기쁨을 맛보는 인자한 할아버지이기 때문일 수도 있다. 그러나 좀더 근본적으로 그는 아직 날고 싶은 희망을 지닌 한 인간이기 때문인데, 이때 회상이란 과거의 소환이 아니라 앞으로의 자기 존재의 탐색과 새로운 실천을 위한 도약대가 된다.

우리는 그날 우연히 맥주잔 앞에서 하늘을 날아야 한다고 외쳤지 날개가 필요했던 거야 밤마다 겨드랑이의 솜털을 휘날리며 연습을 했지 그리고 산꼭대기에서 창공을 향해 두 팔 벌리고 뛰어 보았지 날기는커녕 곧바로 계곡으로 추락하는 거야 옷이 찢어지고 얼굴에 피가 흘렀지 우리들의 젊음이 너무 무거웠나 봐

소백산 자락, 남한강 건너편에 핀 무지개를 본 적이 있지 패러글라이딩을 하는 사람이 무지개를 잡고 있었지 우리는 무지개를 잡는 꿈에 부풀어 가슴이 터지는 줄 알았지 하늘을 날며 푸른 산과 계곡, 굽이굽이 흐르는 강을 크게 멀리 보고 싶었지

우리는 매일 술을 마시며 패러글라이딩을 하기로 하였지 무지개를 꼭 잡아야 한다고 했지 기구를 탐색하고 가격을 따지고 어떤 교육이 필요한지에 대해 논의했지 곧 하늘을 나를 것 같았어 우리는 못 할 것 없는 젊음이 꿈틀대고 있었거든 그러나 날지 못하고 계속 추락하는 거야 우리는 지쳐갔지 한 번도 패러글라이더를 등에 메지 못하고 흰머리 날리면서 단양 팔경을 바라보고 있었지 왜 추락하는지 모르는 시간이었지

몸무게를 줄이면 날 수 있을까

겨드랑이털을 키우면 날 수 있을까

잔 위에 고여 있는 욕망을 걷어내면 날 수 있는 것일까

맥주잔 속에 침몰한 꿈의 잔해는 30년 동안 생각의 무게
에 눌려 있었던 거야
　　우리는 거품을 걷어내고 맥주를 마시기로 했지
-「패러글라이딩」전문

　　이렇게 볼 때 이 시는 인간적 시간에 대한 하나의 우의
寓意라 할 수 있다. "그날 우연히 맥주잔 앞에서 하늘을
날아야 한다"고 외친 이후 이 술자리의 멤버들은 비상을
위해 얼마나 많은 계획과 다짐들을 했을까. "하늘을 날
며 푸른 산과 계곡, 굽이굽이 흐르는 강을 크게 멀리 보
고" 싶었지만, 그러나 "날기는커녕 곧바로 계곡으로 추
락"했으며 "옷이 찢어지고 얼굴에 피가 흘렀"다. "왜 추
락하는지 모르는 시간"을 여러 번 지나고 나서야 시적
화자가 도달한 결론은 바로 맥주 거품을 걷어내야 한다
는 것이다. 여기서 맥주 거품이란 젊음의 치기, 무지개
를 부여잡고자 하는 욕망이며, 실천에 이르지 못하고 술
자리에서만 부풀어 오르다 다음날이면 꺼져버리는 "30
년 동안"의 '즐거운 작당과 모의'일 것이다. 그런데, 여기
서 "거품을 걷어내고 맥주를 마시기로" 했다는 것은 무
엇을 의미하는 걸까. 꿈의 잔해를 걷어내자는 것일까,
실천적 삶을 살자는 것일까. 확실치 않지만 이는 그리
중요한 것이 아니다. 무릇 서사적인 글이나 극시에는 언
제, 어디서, 누가라는 물음에 대한 답이 있는 반면, 서정
시엔 논리적 비약과 논증의 결여가 항상 존재하지 않은

가. 중요한 사실은 시적 화자가 상승의 욕구와 하강의 운명으로 구성되는 인간적 시간의 사이클을 정관하고 있다는 것이고, 인간 운명을 직시하면서도, 즉 거품을 걷어내면서라도 인간은 여전히 삶이라는 맥주를 마셔야 한다는 점에 있는 것이다. 민창홍의 시에 등장하는 과거의 기억과 회상이 단순한 사실에 머무르지 않고 현재적 삶을 구성하며 미래의 삶을 향해 함께 흐를 수 있는 가능성이 여기에 있다.

민창홍의 시적 특질은 어디에 있는가. 살펴본 것처럼 삶에 노정된 다양한 우연을 인정하고 이를 일반적 원리로 환원하지 않는 데에 있다. 아이러니적 사유를 통해 삶의 모순을 직시하지만 이를 '너그러움'으로 포용하는 데에 있다. 또한 시적 대상으로서의 사물과 인간의 가능성을 확인하고 전이의 상상력을 통해 이를 합일시키는 데에 있다. 그에게 과거란 '있었음'이 아니라 현재에 '있음'이며 나아가 미래에도 '함께 있음'의 의미를 지니며, 이때 과거의 회상이란 자기 존재의 탐색과 새로운 실천으로 이어진다. 하나 더 부기해야 할 것이 있다. 민창홍 시인의 이 모든 시적 특질의 바탕에는 사물과 인간에 대한 애정과 연민이 깔려있다는 점이다. 너그러움이나 따뜻함은 흔한 단어이지만, 민창홍의 시에서처럼 그것이 시가 다루는 존재 일반에 투사될 때 그 시는 나와 타인에게 자유와 연대의 장소가 된다. 민창홍의 시가 더 멀리 퍼져나가기를 소망하는 까닭이 여기에 있다.

황금알 시인선